U0058745
威利在哪裡？這本書屬於：
嘿！威利迷們，這五個勇敢的旅行家出現在每一幅場景裡。你能找到他們嗎？
奧德
白鬍子巫師
溫達
汪汪
威利
在每一幅場景裡，這些旅行家還掉了一些重要的東西，你也能找出它們嗎？
威利的鑰匙
汪汪的骨頭
溫達的照相機
白鬍子巫師的神祕卷軸
奧德的望遠鏡

獻給 伊麗莎白、麥克、
史提夫、艾迪和泰瑞

感謝他們所有的
幫助和鼓勵

威利在哪裡？電影夢工廠

文・圖｜馬丁・韓福特 Martin Handford
譯｜劉嘉路
責任編輯｜蔡珮瑤　協力編輯｜林慧雯、吳映青
美術設計｜蕭雅慧　行銷企劃｜魏君蓉、高嘉吟
天下雜誌創辦人｜殷允芃　董事長兼執行長｜何琦瑜
媒體暨產品事業群
總經理｜游玉雪　副總經理｜林彥傑　總編輯｜林欣靜
副總監｜蔡忠琦　版權主任｜何晨瑋、黃微真
出版者｜親子天下股份有限公司
地址｜台北市 104 建國北路一段 96 號 4 樓
電話｜（02）2509-2800　傳真｜（02）2509-2462
親子天下網址｜ www.parenting.com.tw
讀者服務專線｜（02）2662-0332　傳真｜（02）2662-6048
客服信箱｜ parenting@cw.com.tw
週一～週五：09:00~17:30

法律顧問｜台英國際商務法律事務所・羅明通律師
總經銷｜大和圖書有限公司 電話｜（02）8990-2588
出版日期｜ 2014 年 10 月第一版第一次印行
2024 年 7 月第二版第十次印行
定價｜350 元　書號｜BKKTA033P
ISBN｜ 978-986-93179-6-2（平裝）

訂購服務
親子天下 Shopping｜shopping.parenting.com.tw
海外・大量訂購｜parenting@cw.com.ts
書香花園｜台北市建國北路二段 6 巷 11 號
電話｜（02）2506-1635
劃撥帳號｜ 50331356 親子天下股份有限公司

立即購買 >
親子天下 Shopping
親子天下 有聲故事書

WHERE'S WALLY? IN HOLLYWOOD
Copyright © 1987 – 2016 Martin Handford
Traditional Chinese copyright © 2016 by CommonWealth Education Media and Publishing Co., Ltd.
Published by arrangement with Walker Books Ltd, 87 Vauxhall Walk, London SE11 5HJ Through Bardon-Chinese Media Agency.
All rights reserved.
No part of this book may be reproduced, transmitted, broadcast or stored in an information retrieval system in any form or by any means, graphic, electronic or mechanical, including photocopying, taping and recording, without prior written permission from the publisher.

WHERE'S WALLY?
威利在哪裡?
電影夢工廠
馬丁·韓福特 著
Martin Handford
劉嘉路 譯

美夢成真

哇，各位威利迷，我真的來到好萊塢的電影夢工廠了，我一直夢想著來到這地方！這裡真是棒透了，到處有人在拍電影！真好奇他們在拍什麼，在這兒可以看到導演、演員，以及許許多多的臨時演員，還能看到幕後的製作過程呢！呼，不知道我會不會在哪部電影裡露臉呢？

★ ★ ★ ★ ★ 你在電影夢工廠要找出什麼？ ★ ★ ★ ★ ★

各位威利迷，歡迎來到電影夢工廠！當你跟著威利走過一幕又一幕的電影場景時，請找出以下這些人和事物。

★不說你也知道吧，首先要找出威利在哪裡。

★接下來要找出威利的忠心小狗汪汪。記住，你只能看見牠的尾巴唷！

★接著再找出威利的朋友溫達！

★天靈靈地靈靈！現在要專心找出白鬍子巫師。

★唉唷，討厭的傢伙奧德出現了！

★看清楚這25個威利迷，他們每個人在最後一個場景前只會出現一次唷！

★都找出來了？真厲害！接下來找出一個角色，他除了在最後一個場景沒出現之外，在其他場景都會出現喔。

★ ★ ★ 任務還沒完成！還有很多東西等你尋找呢！ ★ ★ ★

請在每一個場景裡找出這些被遺失的東西：

威利的鑰匙

汪汪的骨頭

溫達的照相機

白鬍子巫師的神祕卷軸

奧德的望遠鏡

一捲電影膠卷

★ ★ ★ ★ ★ 還有好多好多東西等你來找唷！ ★ ★ ★ ★ ★

右頁的牆面上有四張海報，它們是威利接下來會去參觀的電影拍攝現場，其中的部分場景，請找出它們各出自哪一部電影，接著，再比較看看海報和電影場景有什麼地方不一樣。

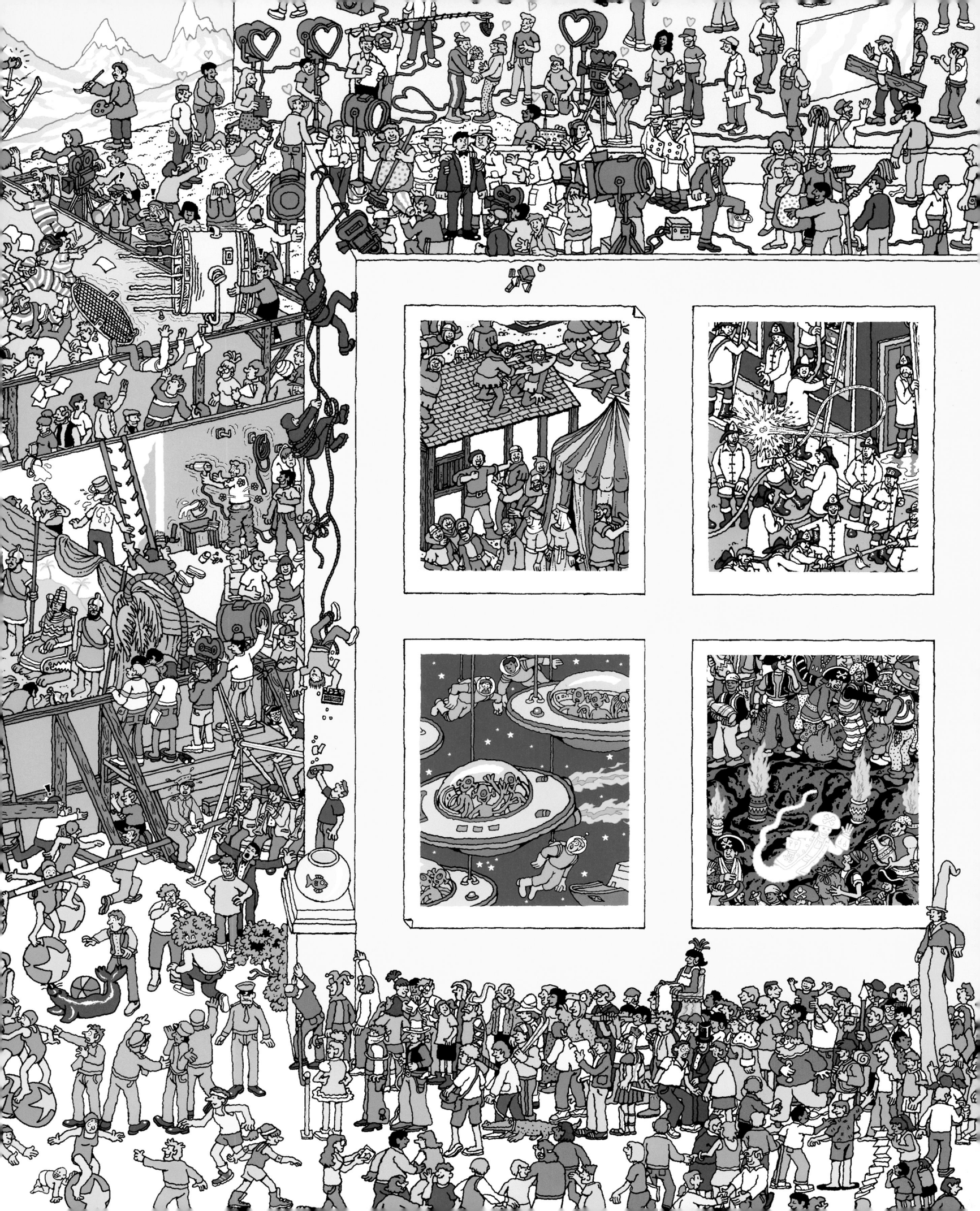

噓……，這裡在拍默片

第一場電影夢工廠巡禮就從黑白畫面的默片開始吧！這裡拍的故事既誇張又好逗趣，要在這些搞笑的場面中正經八百的演戲，真是不簡單！瞧，整個片廠到處上演著「意外」！還好，沒有演員真的因此受傷啦，不過他們常跌得灰頭土臉。

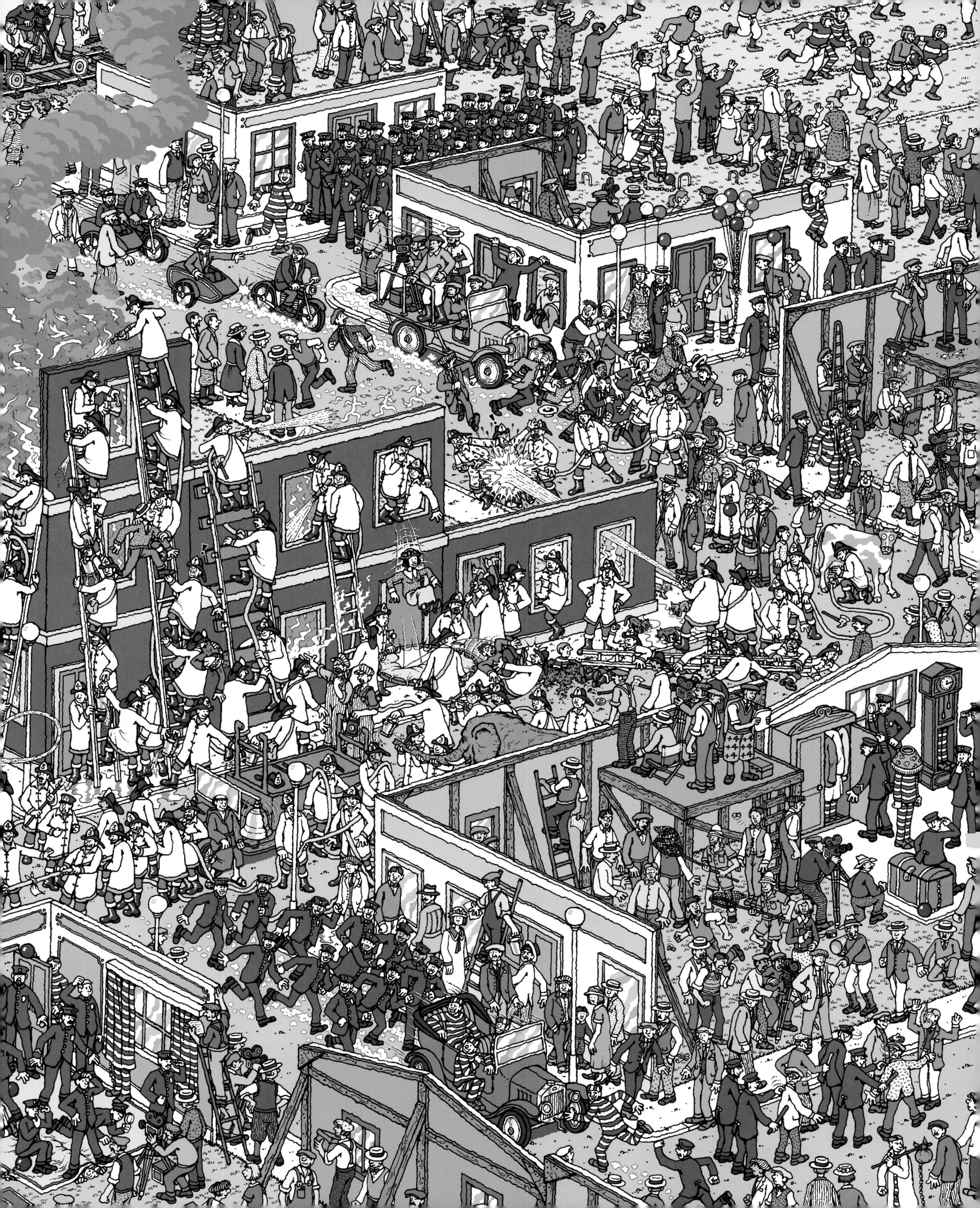

特洛伊城裡鬧翻天

大家看哪，這場景有多壯觀！氣勢真是磅礴呀！不過我很納悶，特洛伊城的居民為什麼沒猜到木馬裡藏了滿滿的希臘人呢？還有啊，木馬那麼高，他們是怎麼讓它通過城門的？特洛伊人的涼鞋穿起來似乎不怎麼舒服，如果道具組的人要我穿上，我一定會拒絕！

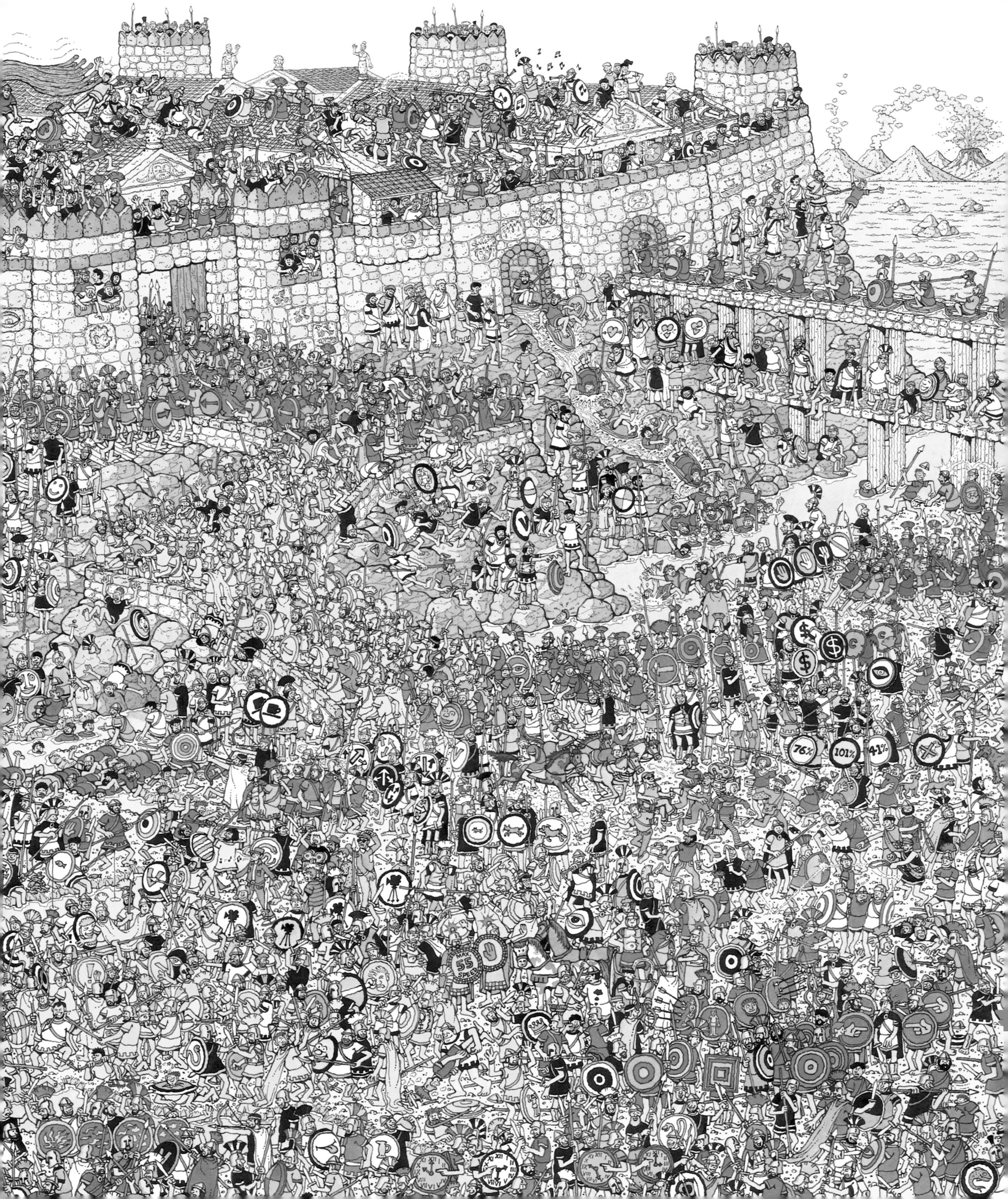
76%
101%
41%
55

在沙漠中拍電影真「熱」鬧

呼，好熱！電影迷們，小心別熱過頭囉。這裡是目前為止最熱的地方了。不論是演員或那些在沙地上走動的人，個個汗流浹背。有些臨時演員甚至一副快發火的樣子，難道他們忘記自己在拍電影了嗎？或許他們應該離開沙漠一會兒，到冰淇淋攤子那裡消消火氣！

MIRAGE!

載歌載舞的表演盛會

你看過這麼驚人的音樂劇場景嗎？嘹亮的歌聲和音樂聲，絕對可以震聾耳朵呢。這艘音樂戰艦肯定需要有人來好好指揮。不過，可別只顧著歌聲和舞姿，儘管整個劇組的演員都沉醉其中，節目還是得繼續進行呢。

$1000

海盜洞穴奪寶大作戰

威利迷們，有沒有發現在這裡搶奪寶物的海盜超多的啊！擠得洞穴裡水泄不通。在這一大堆看起來價值連城的物品裡，其實有很多是根本沒有什麼價值的小東西。舞台中間有嚇人的鬼魂，還有想要偷東西的海盜在旁邊虎視眈眈，電影導演一定覺得很頭大。希望他有點石成金的能力！這混亂的場景看了都讓人害怕呢！

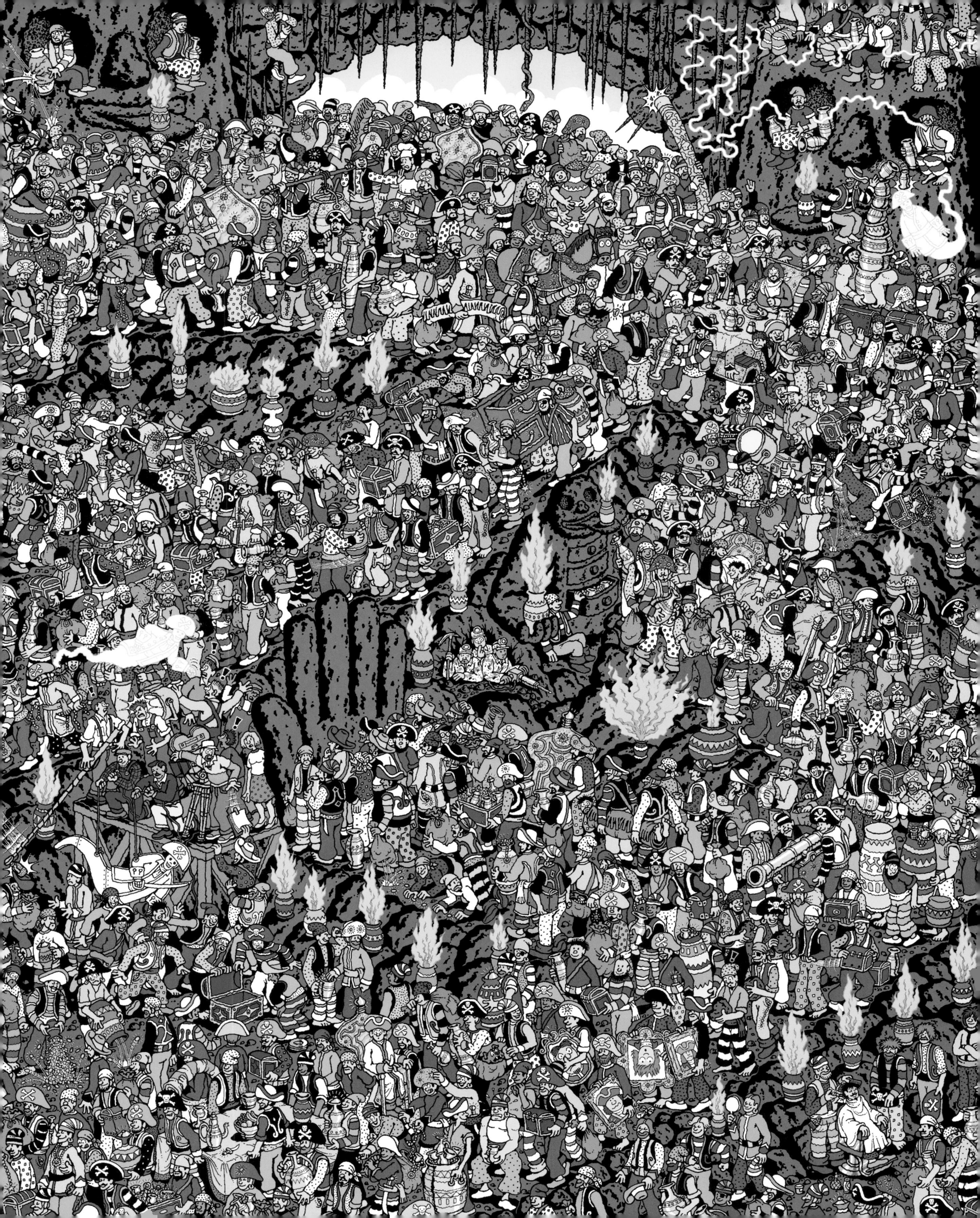

西部拓荒歷險記

嘻哈！威利迷們，你們看過這麼瘋狂混亂的西部場景嗎？火車噴著蒸汽，咻咻地駛進鎮上，大家都想到這兒淘金呢。牛仔騎著馬朝夕陽奔去！鎮上發生好多好多的事情，真刺激！我好奇真正的西部是不是跟這裡一樣，這麼多彩繽紛、五光十色！

SALOON
SALOON
LIVERY UNSTABLE
LIVERY STABLE
BLACKSMITH
SALO
SALO
THE PIONEER SALOON
ONE MORE SALOON
THE PIONEER SALOON
BANK

神氣活現的神劍客

「人人為我，我為人人！」咦，這不是三劍客的座右銘嗎？看看這些混亂的場面，你能找到在跟紅衣侍衛打鬥的三劍客嗎？看著各種神氣活現的打鬥場面，我還真好奇攝影師要怎麼捕捉到全部的畫面呢！

恐龍、外星人和妖魔鬼怪

哇，太驚人了！時間顛倒、空間錯亂、恐怖的角色都出現了！瞧瞧這些太空裝扮和了不起的特效！那些飛行中的飛碟，有一個看起來是真的在飛呢！那些外星人好像也不是演員，而是真正的外星人？在這樣的電影場景裡，到底哪些是真實的，哪些才是虛構出來的啊？

俠盜羅賓漢的大混戰

看看有多少快樂的綠林好漢離開了雪伍德森林，來到諾丁漢城堡打打鬧鬧！他們玩得還真開心，把治安官的遊行搞得一團亂！哪一個才是真的羅賓漢？當然是有披上斗篷的那位！當你看到這部電影時，會以為所有的場景全是真的；其實，城堡的石牆是用木板做出來的！

紅毯上的電影明星

哇，威利迷們，這裡真是星光閃閃，鎂光燈閃個不停呢！我參加了一部電影的首映會。明星們前來觀看這部電影，群眾卻是來看這些明星。看看那一輛粉紅色的加長型豪華禮車，和電影明星真是相配呢！後頭又是誰搭乘骨頭裝飾的禮車出現？真實的金剛看起來是不是比牠在電影上更和善呢？

HOLLYWOOD

威利表演歌舞秀

哇，這場面真讓人眼花瞭亂到說不出話來！威利迷們，在這裡唱歌和跳舞的全由我和我的朋友們擔綱演出唷。看看有多少演員裝扮成我，再瞧瞧所有的汪汪、溫達、白鬍子巫師！也別忘了奧德！你有沒有注意到，道具組的人把幾位演員的衣服弄錯了呢？不過，你可能還是沒辦法在這當中找到真正的我，以及我的四位朋友。讓我給你一點提示吧，我拿了某樣東西，準備要送給汪汪，而真正的汪汪只會露出一條尾巴。真正的溫達手裡拿著照相機，真正的白鬍子巫師頭上戴的帽子歪向左邊，而真正的奧德手中則拿著一根枴杖。

還有一件事情。我參觀每個場景時，都有一個角色跟著我出現。你能從這裡找出所有的十一個角色嗎？你也能找出他們每個人各自在哪一場景出現，然後跟著我一路參觀呢？

威利在哪裡？

電影夢工廠

尋找任務

還有很多東西
等著眼尖的威利迷找出來！

★★★★★ 場景1 美夢成真 ★★★★★

- 有個士兵拿著矛要叉一個三明治
- 間諜片拍攝現場中，2 個打扮得像連體嬰的間諜
- 高人一等的人
- 一邊盪鞦韆一邊演奏的樂隊
- 綠色星星圖案的大黃球
- 把演員吹得東倒西歪的送風機
- 某個甜蜜而浪漫的場景
- 1 個身穿泳衣、頭戴黃色泳帽的女孩
- 8 個心形的攝影器材
- 10個攝影棚的警衛
- 21個穿著條紋裝的海盜
- 3 面盾牌
- 有個人踩進了水桶
- 3 個擁有滑雪板的人
- 1 個畫布景的人
- 1 個打著紅底黃點領結的人
- 1 個態度和善的海盜

★★★ 場景2 噓……，這裡在拍默片 ★★★

- 放著手錶的瞭望台
- 打結的消防水管
- 拔河比賽
- 1 個四處張望的探照燈
- 脫離車子滾出去的輪胎
- 2 個在抓蝴蝶的人
- 13顆氣球
- 褲子上面印有+4 的人
- 7 個擴音器
- 桶子漏水所留下的 1 道水漬
- 9 隻有「四隻腳」的動物
- 15架電影攝影機
- 消防員不滅火卻澆花
- 3 個踩到水果而跌倒的人
- 被斧頭截斷的水管
- 4 個戴著大盤帽的消防隊長
- 火車軌道的枕木
- 3 個穿著紅色上衣及吊帶褲的男子
- 2 把傘

★★★ 場景3 特洛伊城裡鬧翻天 ★★★

- 5 個身穿藍衣，頭盔上有紅色羽飾的士兵
- 穿著涼鞋的士兵
- 13隻真正的、四條腿的動物
- 幾名古代的交通警察
- 5 個身穿紅衣，頭盔上有藍色羽飾的士兵
- 2 個拿著投石彈弓的士兵
- 投降的拍片工作人員
- 5 個身穿黃衣，頭盔上有藍色羽飾的士兵
- 5 個拿著掃把的士兵
- 拿著方形盾牌的士兵
- 3 個戴著太陽眼鏡的電影工作人員
- 3 個穿著特長斗篷的士兵
- 2 座相互揮手的雕像
- 3 個喝著咖啡的特洛伊人
- 10枝卡在盾牌上的箭
- 1 個垃圾桶
- 拿著時鐘爭論的士兵

★★★ 場景4 在沙漠中拍電影真「熱」鬧 ★★★

- 幾棵標示著年代的樹
- 12頭駱駝
- 破壞了這個古代場景的現代飛機
- 4 棵揚起枝幹，看起來像在投降的樹
- 1 顆前後擊中16個人的石子
- 2 個躲在樹上被人搖晃的男子
- 戲服款式沒錯但顏色不對，被人叫去更換的人
- 有個騎士行進方向和其他人相反了
- 法國國旗由左到右是藍、白、紅三色，有 1 面錯了
- 5 個穿著無袖內衣和四角褲的男子
- 幾名背對背的敵人
- 有個樂手正在演奏，但旁人都嫌吵
- 正在閱讀的 1 名男子
- 3 個躲在駱駝底下的男子
- 某隻動物的腳踩在 1 個人的腳上
- 有 1 個男子因為鏟子而舉手投降
- 卸載沙子的卡車

★★★★ 場景5 載歌載舞的表演盛會 ★★★★

- 胸前別了藍色花朵的舞者
- 幾名在大型水龍頭上跳舞的舞者
- 標著「＄1000」的鋼琴
- 有個樂手在演奏相連的 2 把低音大提琴
- 頭戴高禮帽，有著尾巴的舞者
- 對著船上的N字標誌致敬的士兵
- 拿著一大截木頭的船長
- 褲子後面掛著大鈴鐺的水手
- 外套上別著花朵，舉手跟人回禮的海軍中將
- 擺滿鑰匙的鋼琴琴鍵
- 4 根橘色的羽毛
- 跑錯攝影棚的士兵
- 4 個真正的錨
- 1 隻章魚、條鯊魚和 1 條魚
- 9 支拖把
- 身上有錨的刺青的 4 名水手

★★★★ 場景6 海盜洞穴奪寶大作戰 ★★★★

- 躺在床上睡覺的男子
- 躺在床上但清醒的男子
- 兩隻腳各穿藍鞋和白鞋的海盜
- 帽子上有一顆紅星的海盜
- 金色澡盆
- 一條蛇
- 兩隻腳各穿紅鞋和粉紅鞋的海盜
- 衣櫃的抽屜冒出人
- 鬍子上綴有珠寶的海盜
- 2 隻狗和 1 匹馬
- 3 個真正的海盜鬼魂
- 海盜理髮匠
- 受到驚嚇的礦工
- 拿著灰色藏寶箱的海盜
- 2 組粗心的地毯搬運工人
- 想偷攝影器材的海盜們
- 戴黃色帽子的海盜

★★★★ 場景7 西部拓荒歷險記 ★★★★

- 2 個拿著紙板要畫對方的牛仔
- 舉著眼鏡向 1 名女士致意的酒客
- 抬起 1 輛馬車的歹徒
- 幾位愛鬧事的牛仔打算把城鎮漆成紅色
- 來鎮上度假的醫師
- 幾座裝戲服的衣櫃
- 戴著帽子的水牛
- 拿著錢袋的蒙面牛仔
- 在玩牌的賭客
- 2 個用繩索扔手槍的人
- 女神槍手JANE
- 橫衝直撞的鬥牛郵票
- 戴著牛仔帽的義大利麵
- 1 匹在畫馬車的馬
- 推車裡的嬰兒BILLY
- 向將軍行舉手禮的鎮民
- 1 群蒙面惡徒組成的樂隊
- 2 個牛仔互吼著：「這小鎮無法同時容納我們兩人！」

★ ★ ★ ★ 場景8 神氣活現的神劍客 ★ ★ ★ ★

- [ ] 11 名鞠躬的紳士
- [ ] 2 台獨輪的手推車
- [ ] 12 個噴出水的噴頭
- [ ] 一群人感傷落淚的場景
- [ ] 拿著 1 只特大號手套的男子
- [ ] 掉了 3 滴眼淚的長槍
- [ ] 掉在路上的 1 只手套
- [ ] 雙手戴著不同顏色手套的人
- [ ] 1 頂有紅黃條紋羽毛的帽子
- [ ] 拿電風扇搧風的女子
- [ ] 1 個彈來彈去的人
- [ ] 3 個生氣的園丁
- [ ] 2 個靠在籬笆上的劍客
- [ ] 3 座人獸混搭的雕像
- [ ] 1 個腳底被搔癢的男子
- [ ] 4 個收到花束的淑女
- [ ] 4 隻真正的動物

★ ★ ★ 場景9 恐龍、外星人和妖魔鬼怪 ★ ★ ★

- [ ] 有 2 隻手的手提箱
- [ ] 停在碟子上的蒼蠅
- [ ] 被人搔癢的恐龍
- [ ] 貪心的綠色外星人
- [ ] 打瞌睡的恐龍
- [ ] 停在太空中的船
- [ ] 炫耀未來知識的遠古恐龍
- [ ] 明星更衣室裡的星星
- [ ] 嚎叫得很開心的狼人
- [ ] 共有 8 名演員被困在不同的隕石坑
- [ ] 在星球上野餐吃三明治
- [ ] 套圈圈遊戲
- [ ] 在太空上的城堡
- [ ] 在看書的人
- [ ] 4 個被火山往上噴的山頂洞人
- [ ] 沒有頭盔、手套以及靴子的太空人
- [ ] 2 瓶番茄醬

★ ★ ★ ★ 場景10 俠盜羅賓漢的大混戰 ★ ★ ★ ★

- [ ] 8 個穿著中世紀服裝的女士
- [ ] 為士兵帶路的小個子約翰
- [ ] 16 面旗子
- [ ] 2 名戴長領結的弓箭手
- [ ] 穿著女僕裝打掃的瑪莉安
- [ ] 拿著收音機的中世紀臨時演員
- [ ] 捲起袖子的治安隊士兵
- [ ] 正在油炸東西的羅賓漢同伴——塔克修士
- [ ] 盔甲裡面的夜晚
- [ ] 頭盔上有粉紅羽毛的騎士
- [ ] 諾丁漢的治安官警長
- [ ] 一手拿弓和一手拿箭卻沒在射箭的士兵
- [ ] 拿著超大盾牌的士兵
- [ ] 幾名穿錯褲子的中世紀士兵
- [ ] 被繫上大鐵球和鍊子的囚犯
- [ ] 5 隻有四條腿的動物
- [ ] 21 架梯子
- [ ] 7 頂有羽毛裝飾的頭盔

★ ★ ★ ★ 場景11 紅毯上的電影明星 ★ ★ ★ ★

- [ ] 29 盞燈
- [ ] 2 個敵對的報社記者
- [ ] 全身纏滿繃帶的人
- [ ] 索取簽名的警察
- [ ] 3 個牛仔
- [ ] 10 顆愛心
- [ ] 6 棵大椰子樹和猩猩的大手掌
- [ ] 套上小鳥頭罩往下看的觀眾
- [ ] 在手掌心上觀看的群眾
- [ ] 某個穿著新洋裝的女名人
- [ ] 打一個叉當作簽名的人
- [ ] 2 個太空人
- [ ] 拿著響亮的鬧鐘睡覺的觀眾
- [ ] 形狀彎曲的望遠鏡
- [ ] 特別長的吸管
- [ ] 4 個戴著太陽眼鏡的名人

★ ★ ★ ★ 場景12 威利表演歌舞秀 ★ ★ ★ ★

- [ ] 毛衣條紋順序顛倒的威利
- [ ] 金色頭髮的威利
- [ ] 臉上長了鬍子的威利
- [ ] 沒穿鞋子的溫達
- [ ] 戴了遮光眼鏡的威利
- [ ] 臉上沒有鬍子的奧德
- [ ] 毛衣條紋比別人多的威利
- [ ] 幫兔子吹毛的美髮師
- [ ] 帽子上沒有毛線球的威利
- [ ] 牛仔褲上沒有口袋的威利
- [ ] 戴眼鏡的白鬍子巫師
- [ ] 「威利的劇本」在讀劇本
- [ ] 調音員
- [ ] 拿藍白條紋傘的溫達
- [ ] 有個拐杖自己會走路
- [ ] 2 個白鬍子巫師臉上沒有鬍子
- [ ] 沒有戴眼鏡的威利
- [ ] 有個奧德戴的帽子上面沒有毛線球
- [ ] 金色頭髮的溫達
- [ ] 有個威利戴的帽子上的條紋顏色是顛倒的
- [ ] 沒戴眼鏡的溫達
- [ ] 戴了紅色帽子的白鬍子巫師
- [ ] 有個汪汪戴的帽子上的條紋顏色是顛倒的
- [ ] 戴著威利眼鏡的溫達
- [ ] 有個威利對另一個威利搔癢
- [ ] 沒戴毛線球帽的汪汪
- [ ] 裙子沒有口袋的溫達
- [ ] 把拐杖拿顛倒的威利
- [ ] 有個汪汪戴的帽子沒有毛線球
- [ ] 戴遮光眼鏡的汪汪
- [ ] 有個溫達背對我們站著
- [ ] 穿藍白條紋毛衣的威利
- [ ] 沒戴毛線球帽的溫達
- [ ] 沒戴遮光眼鏡的奧德
- [ ] 在跳舞的白鬍子巫師
- [ ] 有個威利背對我們站著
- [ ] 戴了毛線球帽的白鬍子巫師
- [ ] 戴了藍白條紋毛線帽的汪汪
- [ ] 2 個有棕色鬍子的白鬍子巫師
- [ ] 有個溫達戴的帽子沒有毛線球
- [ ] 有個威利戴了 2 頂毛線球帽

★ ★ ★ ★ ★ 回到最開始的地方 ★ ★ ★ ★ ★

你有找出威利、他所有的朋友，以及他們遺失的東西嗎？除了最後場景以外，你找出了每個電影場景裡的神祕角色嗎？還有一件事，在某一頁裡有個威利迷頭上戴的帽子掉了毛線球，你能找出是哪一個威利迷，並把毛線球找回來嗎？

別走開，遊戲還沒結束。翻回到第 1 頁，仔細觀察那些金色的威利獎盃。其中有 10 個跟其他的獎盃不一樣，你能找出來嗎？

★ ★ ★ ★ ★ ★ 極大挑戰 ★ ★ ★ ★ ★ ★

這一頁電影膠卷孔洞裡的每張臉孔，在這本書裡的某一處是彩色的，你能分別把他們從那些場景找出來嗎？但這當中又有 10 個在其他地方都沒有出現過唷。最後的挑戰來了，有些在電影膠卷孔裡的臉孔，你能找出是哪些角色，而他們每個人各自出現幾次嗎？

★ ★ ★ ★ ★ ★ ★ ★ ★ ★ ★ ★ ★ ★ ★

威利在哪裡？

電影夢工廠

放映結束